À Nick, Charley,
Daniel et Annie

Un mot sur l'illustratrice
Artiste, sérigraphiste, illustratrice, Kathy Herderson
est aussi auteure de livres pour enfants.
Elle vit à Londres, en Grande-Bretagne, avec ses trois
enfants.

Illustration de la couverture:

UN PAPA EN PAPIER

UN PAPA EN PAPIER

Texte de Kathy Henderson
Illustrations de Chris Fisher

Traduit de l'anglais par
Hélène Pilotto

EH Héritage jeunesse

Données de catalogage avant publication (Canada)

Henderson, Kathy

Un papa en papier

(Limonade)
Traduction de : Pappy Mashy.
Pour les jeunes.

ISBN: 2-7625-8052-8

I. Titre. II. Collection.

PZ23.H445Pa 1995   j823'.914 C95-940860-6

Pappy Mashy
Texte © 1992 Kathy Henderson
Illustrations © 1992 Chris Fisher
Publié par Walker Books Ltd

Version française
© Les éditions Héritage inc. 1995
Tous droits réservés

Dépôts légaux : 3ᵉ trimestre 1995
Bibliothèque nationale du Québec
Bibliothèque nationale du Canada

ISBN : 2-7625-8052-8

Imprimé au Canada

LES ÉDITIONS HÉRITAGE INC.
300, rue Arran, Saint-Lambert (Québec) J4R 1K5
(514) 875-8327

TABLE DES CHAPITRES

Papa Massé se prélasse encore dans son énorme fauteuil. Le seul siège confortable de la maison... et le seul dans lequel il réussit à s'asseoir pour y lire ses journaux, évidemment!

La famille Massé compte neuf enfants :
Justine, Martine, Anna, Lisa, Fanny,
Jérémie, Émile, Cécile et le petit dernier,
Hector-Nestor. Leur spécialité : s'amuser.

Et qui fait tout le reste ?
Maman Massé, bien sûr !

Elle nourrit les chatons,

secoue les paillassons,

prépare les repas,

console les bébés-la-la,

récolte le miel sucré,

taille les arbres fruitiers,

et enseigne aux enfants l'alphabet :

11

répare le toit,

débouche l'égout avec ses doigts,

réconforte les bouts de chou,

repasse,

lave,

tricote,

coud,

chante à tue-tête,

écrit des lettres,

change bébé,

règle les factures impayées,

fait les commissions,

répare les crevaisons,

et lit chaque soir
une belle histoire.

Quand finalement les enfants sont à
l'école, que le petit Hector-Nestor est chez
la voisine Ernestine et que monsieur Massé
brasse de la paperasse au bureau, alors, et
seulement alors, madame Massé quitte la
maison pour aller travailler. Elle conduit
des autobus dans ses temps libres. Mais,
elle s'assure toujours de rentrer à temps à
la maison pour accueillir ses enfants
et saluer son mari, avant qu'il
s'installe dans son fauteuil
pour... lire ses journaux,
évidemment!

— Laissez votre père tranquille, les enfants, dit-elle aux plus petits pendant qu'elle prépare le souper et aide les plus grands à faire leurs devoirs. Il a eu une dure journée.

Ainsi va la vie chez les Massé.

Chapitre 2

Monsieur Massé n'est pas paresseux.

Il raffole simplement des journaux.

Curieusement, plus sa famille s'agrandit

et plus il prend plaisir à les lire.

Depuis que Hector-Nestor, le petit

dernier, est né, monsieur Massé ne lit pas

UN journal ni DEUX journaux, comme

le font certaines personnes. Il lit des

TONNES de journaux. En fait, il lit tout

ce qui lui tombe sous la main.

Comme :

Ou encore :

Monsieur Massé lit tout, de la première à la dernière page, sans oublier un seul mot.

Monsieur Massé lit tant de journaux, qu'il a rendu malade le jeune camelot du quartier à cause de son sac trop lourd. Le garçon a même fini par refuser de livrer quoi que ce soit chez les Massé.

Voilà pourquoi, chaque matin, on voit Justine, Martine, Anna, Lisa, Fanny, Jérémie, Émile, Cécile et le petit Hector-Nestor se rendre au marchand du coin, et en revenir chacun avec deux journaux différents sous le bras.

Même si papa Massé est trop occupé à lire ses journaux pour jouer avec ses enfants, parler avec eux ou même se souvenir qu'il en a, il les aime beaucoup. Mais il est tout simplement incapable de résister à son fauteuil moelleux et à sa pile de journaux.

Chapitre 3

Les enfants Massé sont aussi intelligents
et travailleurs qu'une armée de fourmis.
Ils aident leur mère et leur père et
réussissent bien à l'école.

Émile et Cécile reçoivent
des badges honorifiques
pour avoir pris soin
des gerbilles de
la classe de
maternelle.

Fanny et Jérémie adorent se déguiser.

Anna est la
spécialiste
des prévisions
météorologiques.

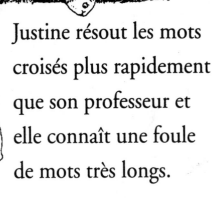

Justine résout les mots
croisés plus rapidement
que son professeur et
elle connaît une foule
de mots très longs.

Lisa excelle
dans les arts
plastiques.

Quant au petit Hector-Nestor... il semble
déterminé à suivre les traces de son père.

Il y a aussi Martine. Elle a de
beaux cheveux roux et des yeux
vifs. Elle est la plus astucieuse
de tous car elle a un don rare :
celui de bien observer les gens.

Chapitre 4

Pendant que l'hiver cède graduellement sa place au printemps, Martine observe plusieurs choses.

Elle remarque d'abord que sa maman maigrit à vue d'œil. Puis que son papa prend de plus en plus de poids. Il est devenu si gros qu'il ne peut plus s'asseoir dans son fauteuil. Martine remarque aussi que sa mère devient de plus en plus irritable et son père, de plus en plus paresseux.

Martine n'est donc pas surprise quand maman Massé, un beau matin, est incapable de se lever.

— Je suis désolée, dit maman Massé, le visage blanc comme un drap de fantôme. Bon dez coule sans arrêt, ba tête ba exploser et je be sens terriblement bal.

Papa Massé est très inquiet.

— J'appelle le docteur immédiatement!
annonce-t-il en dévalant l'escalier d'un pas
aussi léger que celui d'un troupeau
d'hippopotames...

— T'inquiète pas, maman, dit Justine,
nous allons nous débrouiller sans toi,
n'est-ce-pas vous autres?

— Bien sûr, répondent en chœur
Martine, Anna, Lisa, Fanny, Jérémie, Émile
et Cécile.

Hector-Nestor émet un petit gazouillis qui veut dire oui.

—Repose-toi bien, maman, ajoute Martine en guidant ses frères et sœurs vers la porte.

Un peu plus tard, le docteur Stéthoscope vient visiter maman Massé. Elle l'examine longuement. Lorsqu'elle sort de la chambre, elle donne ses instructions à la famille :

— Votre maman doit passer la semaine
au lit, dit-elle, TOUTE la semaine!
Elle ne doit PAS travailler, ni se tracasser,
ni descendre l'escalier. Elle a besoin de
boissons chaudes, de paix, de silence et,
surtout, de sommeil. Est-ce bien clair?

Justine, Martine, Anna, Lisa, Fanny,
Jérémie, Émile, Cécile et le petit Hector-
Nestor approuvent en silence. Même papa
Massé est d'accord. Mais, il ne peut
s'empêcher de lorgner vers les pages de la
pile de jounaux qui l'attend sur son fauteuil.

Chapitre 5

Quelle semaine désastreuse!

Justine, Martine, Anna, Lisa, Fanny, Jérémie, Émile et Cécile travaillent comme des fous. Malgré leurs efforts, la vaisselle sale s'accumule, les provisions manquent, les tuyaux se bouchent et Hector-Nestor en profite pour battre son record de mauvais coups! Par-dessus le marché, les piles de vieux journaux, qui jonchent le sol de la maison, menacent à tout moment d'étouffer ses occupants.

Bien sûr, papa Massé essaye de faire sa part. Il se lève le matin et se couche le soir. Il apporte des boissons chaudes à sa femme, va lui-même chercher ses journaux. Mais, un coup d'œil à son fauteuil suffit pour qu'il se remette à lire. Les séances de lecture s'éternisent et papa Massé est plus que jamais rivé à son fauteuil.

— Ça suffit! annonce Martine à Justine un soir, pendant que les deux sœurs tentent de refouler une montagne de vieux journaux dans le jardin.

— Je vous donne un coup de main dès que j'ai terminé cet article, marmonne leur père du fin fond de son fauteuil.

— Sac-à-papier! soupire Jérémie, mécontent. Papa me fait penser au

personnage de l'histoire que madame Punaise nous a racontée à l'école. Celui qui finit par être changé en pierre.

— Oui! mais notre papa, s'il continue comme ça, c'est en papier journal qu'il risque d'être changé! prophétise Martine, à bout de patience.

Chapitre 6

Vendredi arrive, les enfants ont déjà mangé des œufs brouillés six soirs de suite. Justine décide alors de faire des crêpes.

Un silence lugubre règne dans la cuisine. On entend papa Massé tourner les pages de son journal.

— Si seulement nous pouvions le faire sortir de ce satané fauteuil! dit Martine.

— Hier, nous avons fait du bricolage avec mademoiselle Pinceau, c'était super! annonce Lisa en entrant dans la cuisine.

— Franchement, Lisa, tu ne penses donc à rien d'autre qu'à tes arts plastiques! rétorque Justine.

Ignorant la remarque de sa sœur, Lisa poursuit:

— Nous avons fabriqué du papier mâché. Mademoisellle Pinceau m'a

parlé d'un concours d'arts plastiques auquel
je devrais participer.

— Attention ! Attention ! crient Cécile
et Émile en entrant dans la pièce, les bras
chargés de linge sale, c'est l'heure de la
lessive !

Au même moment, Hector-Nestor
renverse le gros sac de farine sur le plancher.
Résultat : la cuisine entière est couverte
de poudre blanche. Hector-Nestor jubile !
Justine, Martine et Cécile s'empressent
de nettoyer le dégât.

Voyant ses sœurs occupées, le petit
Hector-Nestor décide d'améliorer la pâte
à crêpes. Il attrape la boîte de savon,
en prend une bonne grosse cuillerée et
la jette dans le bol. Le mélange se met
aussitôt à mousser.

— Oh non! crie Justine en se relevant.
Notre souper est fichu et il ne reste plus
un seul œuf dans la maison!

Martine vient à leur rescousse en emmenant de force Hector-Nestor-la-terreur au salon. De retour dans la cuisine, elle vide le contenu du bol dans la poubelle.

Lisa regarde cette mixture. Il lui vient tout à coup une idée. Elle plonge la main dans la pâte collante et moussante, et la mélange aux morceaux de papier journal qui se trouvent dans la poubelle.

— Beurk! s'exclame Justine. Dégueulasse! Qu'est-ce que tu fais au juste?

Cécile a des haut-le-cœur.

Lisa prend une poignée de l'étrange mixture et observe les mottes de pâte et de papier qui tombent sur le plancher.

— Ça me rappelle ce que je viens d'apprendre... à propos du papier mâché,

dit-elle d'un ton coquin.

Martine croit comprendre son idée.

— Moi aussi, j'ai appris à faire du papier mâché avec mademoiselle Pinceau..., dit-elle, pensive.

Justine regarde ses sœurs, découragée. Sont-elles devenues folles ?

— ... et on peut faire toutes sortes de choses géniales avec du papier mâché, n'est-ce-pas Lisa ? ajoute Martine.

— J'ai faim ! gémit Émile.

Mais personne ne l'écoute.

— Oui. On peut fabriquer des objets fabuleux avec du papier mâché, continue Lisa. Tout ce dont on a besoin, c'est du papier journal, et un mélange de farine et d'eau, comme cette pâte à crêpes sans œufs par exemple.

— Et, quand ça durçit, conclut mystérieusement Martine, ça devient aussi dur que de la pierre! J'ai un plan! s'exclame-t-elle en prenant une pleine poignée de pâte dans la poubelle. Au travail!

Puis elle exécute sa fameuse danse de guerre sur le plancher collant de la cuisine.

Chapitre 7

Finalement, la famille Massé mange des fèves au lard froides pour le souper et papa Massé ne s'en aperçoit même pas. Il est trop absorbé par la lecture du *Cabotin*.

— On s'occupe de ranger la cuisine, dit Justine à son papa après le repas. Toi, tu apportes cette boisson chaude à maman et tiens-lui compagnie pour la soirée.

Le nez encore dans son journal, papa Massé obéit sans broncher.

Alors la fête commence.

Des rires fusent, des gloussements de
satisfaction se font entendre. Jamais on n'a
vu autant de papier déchiqueté. Chaque
corbeille est vidée de son contenu. Les
montagnes de journaux de papa Massé
y passent. Bientôt, le rez-de-chaussée au
grand complet est recouvert de bandelettes
de papier journal.

Dans la cuisine, Justine et Anna
mélangent de pleins
seaux de pâte.

Dans le couloir, Hector-Nestor joue
à la tempête de neige.

Martine et Lisa démantèlent l'ancien clapier à lapin et modèlent son grillage en une forme aux allures étrangement familières.

Les enfants travaillent toute la nuit, déchirant, trempant, collant et tapotant les bandelettes de papier. Le petit Hector-Nestor? Il dort comme un ange au creux d'un nid de coussins.

Le lendemain matin, quand le premier merle, perché sur l'antenne de télévision du voisin, se met à chanter, il ne reste plus le moindre petit bout de papier journal chez les Massé.

Alors, Justine, Martine, Anna, Lisa, Fanny, Jérémie, Émile et Cécile montent se coucher en emmenant avec eux le petit Hector-Nestor. Ils sont drôlement fiers de leur travail !

Chapitre 8

Lorsque papa Massé, titubant de sommeil, descend l'escalier ce matin-là, il a la surprise de sa vie.

Ce n'est pas le fait que la maison soit bien rangée. Ce n'est pas qu'il n'y a plus aucune trace de papier journal...

Non. C'est cette CHOSE qui le surprend.

Là, dans son fauteuil préféré, son fauteuil moelleux, le seul dans lequel il aime s'asseoir, il y a cette CHOSE...

quelqu'un... assis... et lisant
SON journal!

Le petit Hector-Nestor dévale l'escalier et atterrit aux pieds de son père.

— Papa! Papa! dit-il joyeusement en montrant du doigt la CHOSE à son père.

Les huit autres enfants, les traits tirés et la mine fatiguée, descendent lentement l'escalier.

Alors, pour la première fois depuis bien longtemps, papa Massé les regarde un à un avec tendresse.

Et ses enfants le regardent, les yeux pleins d'espoir.

Papa Massé montre à son tour du doigt son fauteuil et demande :

— Qui est-ce ?

— Papa Massé, papa Massé ! gazouille Hector-Nestor qui commence à peine à parler.

— C'est notre papa en papier ! répondent en chœur les enfants.

— Papa en papier? Papa Massé? Papier mâché? gémit monsieur Massé en regardant Hector-Nestor. Mais c'est moi!

Les enfants pouffent de rire.

Papa Massé s'avance jusqu'au fauteuil et demande à son curieux occupant:

— Puis-je avoir mon journal, s'il vous plaît?

La chose ne bouge pas.

Papa Massé saisit le journal.

Le journal ne bouge pas non plus.

Alors monsieur Massé tire fort... et le journal se déchire.

— Laissez-moi, au moins, mon fauteuil! s'exclame-t-il.

Et il saisit la chose fermement par les bras. Il la tire, la secoue de toutes ses forces.

Mais, il ne parvient qu'à soulever le fauteuil.
La chose y est collée... pour de bon !

Désespéré et essoufflé, il échappe le fauteuil... qui a la bonne idée d'atterrir sur son pied.

Papa Massé sautille de douleur. Les enfants sont sidérés. JAMAIS ils n'ont vu leur père faire autant d'exercice en une seule matinée.

Fanny ne prête pas attention à cet événement.

— Hé! papa, dit-elle, regarde ce que j'ai fabriqué. C'est un superdentidoudoucoptère.

Papa Massé cesse brusquement de sautiller.

— Un quoi? demande-t-il.

Papa Massé fait alors une autre chose tout à fait extraordinaire : il REGARDE ce que lui montre sa fille.

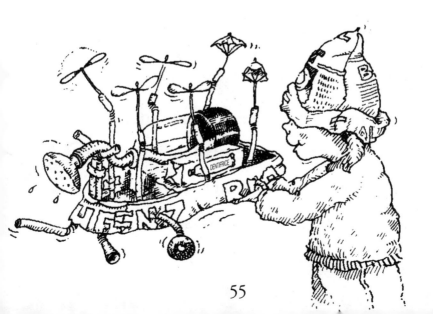

Il fait même plus que regarder. Il se
penche et touche l'étrange engin. Puis,
il s'amuse à faire rouler le superdentidoudoucoptère sur le plancher, désormais
débarrassé de tout papier journal. C'est
un vrai miracle : papa Massé joue !

Papa Massé est tellement absorbé par
son jeu qu'il n'entend même pas la sonnette.
Il remarque à peine mademoiselle Pinceau
qui vient d'entrer. Et, quand Justine,
Martine et Lisa aident la professeure d'arts
plastiques à transporter SON fauteuil dans
la voiture pour l'exposition, monsieur

Massé la salue distraitement et continue
à jouer.

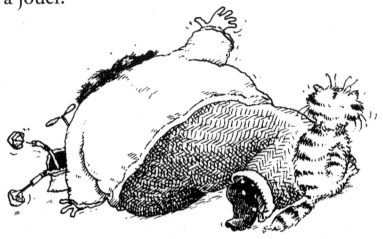

— Ouf! dit-il en se relevant, tout en
sueur. Il y a belle lurette que je ne me
suis pas amusé autant! Pourquoi ne me
demandez-vous pas plus souvent de jouer
avec vous?

Justine, Martine, Anna, Lisa, Fanny,
Jérémie, Émile, Cécile et le petit Hector-
Nestor éclatent de rire.

Chapitre 9

Cet après-midi-là, maman Massé sort de sa chambre pour la première fois. Elle est encore pâle et faible, mais semble plus reposée. Les vilains cernes sous ses yeux ont disparu, et on dirait même qu'elle a pris un peu de poids.

— Eh bien, dit-elle en jetant un regard admiratif autour d'elle. Vous avez bien travaillé!

Papa Massé sourit comme s'il avait tout fait lui-même. Justine lui décoche un léger coup de coude dans les côtes.

— Mais, où est donc passé le gros fauteuil? demande maman Massé.

— Le gros faut... commence papa Massé. Il se souvient alors de la sortie discrète de SON fauteuil préféré. Eh bien, euh...

— Il est chez le rembourreur, affirme Lisa.

Et il ne fut plus jamais question du fauteuil le plus confortable de la maison.

Observant sa mère, Martine demande :

— Es-tu certaine que ça va, maman ? Tu trembles.

— C'est vrai, je me sens un peu faible, reconnaît maman Massé. Si cela ne vous dérange pas, je vais m'asseoir.

Maman Massé s'assoit dans le deuxième fauteuil le plus confortable de la maison. Et elle ouvre un bon livre intitulé : *Comment apprendre à se détendre.*

Manteau, tu n'auras pas ma peau !

Il est rose avec deux rabats sur le devant. Il a l'air petit, mais il se mettra à grossir très vite. Il semble sage comme une image, mais il fait semblant...

Ses goûters préférés : des lettres (celles qui viennent de l'école plus précisément), des gants neufs et des petits rats... Prends garde ! Ce manteau n'est pas aussi ordinaire qu'il en a l'air !

Une histoire fantaisiste, farfelue à point, qui ravira les lecteurs friands d'émotions un peu corsées.

Barbe-Rose, pirate

Gare à vous, marins d'eau douce, Barbe-Rose vient d'accrocher ses bottes !

Toujours secondée par son maître d'œuvre, Charlie Vautour, elle a l'œil sur la Vieille Auberge pour lieu de retraite. Cependant, les habitants de Dortoir-sur-Mer ne partagent pas son avis.

Une histoire de matelot, salée à point, qui fera les délices de tous les corsaires en herbe.

Le croque doigts

Il y a de cela très longtemps, dans les froides terres du Nord, vivait un troll appelé Ulf. Il avait une très vilaine habitude : il adorait manger les doigts !

Nombre d'hommes, de femmes et d'enfants l'ont appris à leurs dépens.

Et qui sait combien de personnes auraient connu le même sort si Béatrice, une fillette particulièrement déterminée, n'avait pas eu une idée géniale.

Les jeunes lecteurs apprécieront cette histoire amusante et fantaisiste, imaginée par un auteur de grand talent.

Le cadeau surprise

Pour son septième anniversaire, Annie voudrait bien avoir une planche à roulettes. Hélas ! ses parents n'ont pas d'argent. Son cousin Richard, enfant gâté et vantard, arrive, lui, avec une superbe planche à roulettes. Mais Richard ne connaît pas monsieur Victor, le voisin d'Annie. Celui-ci a toute une surprise pour elle !

Cette histoire amusera les jeunes lecteurs, tout en leur donnant matière à réfléchir.

5183

Capitaine Carbure

Benoît est malade. Sa gorge le fait tant souffrir qu'il en pleure. Annie, sa sœur, l'appelle le petit braillard. Mais sa mère le console en lui apportant ses bandes dessinées préférées. Benoît plonge alors avec délice dans le récit du plus récent combat de son héros : le Capitaine Carbure. Mais une chose étrange se produit et voilà Benoît à bord du fameux vaisseau de son héros !

Racontée à la fois sous forme de roman et de bande dessinée, cette amusante histoire ravira tous les jeunes lecteurs friands d'humour et d'aventure.

ACHEVÉ D'IMPRIMER EN JUIN 1995 SUR LES PRESSES DE PAYETTE & SIMMS INC. À SAINT-LAMBERT (Québec)